Le malade imaginaire

FichesdeLecture.com

Le malade imaginaire (Fiche de lecture)

I. PRÉSENTATION

Le malade imaginaire est une comédie-ballet en trois actes et en prose représentée pour la première fois au Théâtre du Palais-Royal le 10 février 1673 par la troupe de Molière. La musique est de Marc-Antoine Charpentier et les ballets de Pierre Beauchamp. Cette comédie-ballet était destinée aux fêtes du Roi, un divertissement chorégraphique et musical ce qu'on appellerait aujourd'hui du théâtre total. Il s'agit de la dernière pièce de Molière et il y jouait le rôle d'Argan. Peu après la fin de la quatrième représentation, Molière mourut chez lui. Cependant, le roi ne la verra que l'année suivant la mort de l'auteur.

II. RÉSUMÉ

Acte I

Argan, un vieux bourgeois hypocondriaque, se croit toujours malade, mais est en réalité en bonne santé. Un médecin lui fait croire qu'il est malade du foie et de la rate, Argan passe alors ses journées à faire des lavements et des purges. Il est le père d'Angélique et de Louison.

Plusieurs personnes profitent de sa faiblesse, sa seconde épouse, Beline qui reste à ses côtés pour l'héritage et projette d'envoyer les enfants de son mari dans un couvent. Les médecins soucieux de plaire à leur patient fortuné lui inventent tour à tour différents maux.

On apprend qu'Argan veut marier sa fille au neveu de son médecin, pour ses propres besoins. Bien qu'elle désapprouve cette union, Angélique ne contredit pas son père, elle est en réalité éprise d'un jeune homme, Cléante. Elle se confie à Toinette, la servante, qui surprit l'entrevue d'un notaire et de Beline à propos de l'héritage et décide d'aider sa jeune maîtresse. Elle se déguise en médecin et dispense des conseils à son maître pour que celui-ci s'alimente mieux.

Acte II

Cléante se fait passer pour le maître de chant d'Angélique et s'introduit dans la maison. Toinette le présente à Argan tandis qu'Angélique fait la connaissance de son futur mari, Thomas Diafoirus.

Ensuite Cléante et Angélique chantent, mais ce n'est pas au goût d'Argan qui découvre la supercherie. Les Diafoirus s'en vont et Cléante feint de quitter la maison, mais il retrouve Angélique dans sa chambre. Ils sont surpris puis dénoncés par Béline, Argan tente d'interroger Louison.

Arrive alors Béralde, le frère d'Argan qui tente d'intervenir en faveur d'Angélique, Argan la menace du couvent, mais est épuisé. Pour Argan le mariage de sa fille avec Cléante est impossible, car il est pauvre et surtout il n'est pas médecin. Il est donc question d'un mariage impossible entre deux jeunes gens qui s'aiment comme dans toutes les comédies de Molière.

Acte III

Le frère d'Argan tente de le persuader qu'il ne souffre en réalité d'aucun mal et le met en garde contre les médecins et l'hypocondrie dont il est victime. Argan ne veut rien entendre, mais renvoie le lavement que Mrs Fleurant, l'apothicaire lui apportait. Son médecin, Mr Purgon est furieux et il se retire. Toinette et Béralde veulent faire comprendre à Argan qu'il n'est pas malade, et que sa deuxième femme est hypocrite.

Toinette annonce l'arrivée d'un médecin, la servante se déguise alors en médecin et terrorise son maître par de terribles diagnostics elle souhaite en fait le dégouter de la médecine. Ils parviennent alors à écarter le clan Diafoirus d'Argan.

Toinette dit à son maître de se faire passer pour mort pour qu'il voie la véritable nature de sa femme. Il s'exécute et lorsque Béline arrive, elle est tellement contente à l'annonce de son mari qu'elle omet de s'assurer elle-même de son décès, elle se montre impatiente de toucher sa part d'héritage. Quant à Angélique elle éprouve un réel chagrin d'Angélique. Argan brouillé avec M. Purgon, Béline démasquée, Angélique réconciliée avec son père et Cléante agréé, la pièce se finit par un heureux dénouement. Argan accorde la main de sa fille à Cléante s'il devient médecin, Toinette et Béralde l'encouragent dans cette voie. La pièce se termine par une cérémonie bouffonne d'intronisation d'Argan à la médecine.

III. ANALYSE DES PERSONNAGES

Argan

Il est le malade imaginaire, toute la pièce est centrée sur sa personne ce qui est symbolique, car s'il se plaint tout le temps pour qu'on s'occupe de lui. Cet homme est faible, enfantin, naïf, exigeant et impatient il est à la fois le malade imaginaire et malade de l'imaginaire, il est dominé par son hypocondrie.

C'est un bourgeois fortuné qui a deux filles, Louison et Angélique, il a épousé en secondes noces Béline qui s'occupe de lui comme d'un enfant. Argan est la caricature de la personne âgée malade qui ne pense à qu'à lui et dans son propre intérêt il veut marier sa fille à un médecin.

Hypocondriaque, il est persuadé qu'il est gravement malade, réclamant sans cesse les soins et l'attention de tous. Son tourment, bien réel, le pousse à solliciter constamment les médecins et des apothicaires, qui voient en lui « une bonne vache à lait ». On se rend compte qu'il est victime de sa folie et qu'il risque d'entraîner sa famille dans sa folie, notamment lorsqu'il veut absolument marier sa fille à un médecin, mettant sa fille au service de son bien-être. Son obsession de la maladie le rend méfiant et aigri. Même si à la fin il accepte que sa fille épouse Cléante il exige qu'il devienne médecin, son besoin de médecine est plus fort que lui.

Béline

Elle est la seconde épouse d'Argan, elle ne reste auprès de son mari que par intérêt. Dans le premier acte, elle fait venir un notaire pour mettre à jour le testament de son mari, elle projette d'envoyer Angélique au couvent pour être la seule héritière de la fortune d'Argan. Hypocrite et manipulatrice elle s'oppose au mariage d'Angélique et Cléante, faussement maternelle : c'est la caricature de la marâtre antipathique, la femme maléfique, avide, cupide, arriviste. À la fin, elle est prise à son propre piège lorsqu'elle manifeste sa joie en croyant que son mari est mort.

Angélique

Elle est la fille aînée d'Argan, elle aimé sincèrement son père et n'ose pas le contredire quand il annonce qu'il veut qu'elle épouse un médecin, Thomas niais. Elle représente la jeunesse et l'élégance. Elle aime Cléante et se confie à Toinette. Le lecteur/spectateur prend son personnage en sympathie et souhaite un heureux dénouement entre elle et Cléante. Lors de la fausse mort d'Argan, elle se révèle tendre et pleine de piété filiale.

Toinette

Elle est la servante d'Argan et la confidente d'Angélique, elle est au cœur de l'action, comme dans les fourberies de Scapin elle veut aider sa jeune maîtresse à déjouer les projets d'union de son maître. Rusée et habile, elle va mettre un plan sur pied pour que son maître se rende compte de sa « folie ». Elle est brusque avec lui, la confidente d'Angélique, et conciliante avec l'épouse-maîtresse.

Béralde

Il est le frère d'Argan il représente la raison et la sagesse il est aussi libre penseur. Cependant il manque d'habilité lorsqu'il critique la médecine. Il souhaite le bonheur de sa nièce et s'allie à Toinette lorsqu'elle se fait passer pour un médecin.

IV. AXES D'ANALYSE

Les éléments comiques

Le cœur de la comédie est la volonté d'Argan de marier sa fille, Angélique à un jeune médecin, l'intrigue se base donc sur l'impossibilité d'un mariage entre deux gens qui s'aiment à cause d'un des parents, un thème récurrent dans l'œuvre de Molière. Le comique croît au fur et à mesure de la pièce. Elle est nourrie par la question du mariage d'Angélique et l'hypocondrie d'Argan

Le malade imaginaire est une comédie inspirée de la Commedia dell'arte en effet l'imposture médicale et les attaques contre les médecins sont issues de l'ancienne tradition de la farce. En témoignent les noms odorants donnés à ses personnages : Purgon, Diafoirus, Fleurant. Les Diafoirus passent pour des sots pédants et ridicules.

Enfin on retrouve la complicité maître/valet entre Angélique, Béralde et Toinette. Toinette se déguise en médecin et joue le médecin accusateur à la perfection. Molière se moque du respect crédule dont est entouré le médecin. Enfin le caractère du personnage principal voue une véritable adoration aux médecins, ce qui le rend pathétique. Afin de lui faire prendre conscience qu'il est ridicule, Toinette pousse Argan de feindre d'être mort pour qu'il « grandisse un peu » et se rende compte de l'hypocrisie de sa femme.

L'omniprésence de la maladie et de la mort

Lorsqu'il a écrit cette pièce Molière était malade il nous dresse un tableau de la maladie et de ses dérives. À cause de maladie, les hommes ont peur de la mort, il se sait déjà condamné et il mourra d'ailleurs lors de la quatrième représentation.

Il choisit de nous décrire cette peur à travers une comédie avec Argan qui se comporte comme un enfant et qui est rongé par son obsession de la maladie. Les personnages autour d'Argan créent les situations comiques. On se moque de ce personnage victime de sa propre folie, mais lorsqu'il entraîne sa fille dans sa folie, la comédie s'essouffle et le spectateur/lecteur espère une fin heureuse pour Angélique. Elle devient victime de la folie de son père et de l'avidité de sa belle-mère. On se rend compte que le sujet du malade imaginaire est en réalité triste, car Molière nous décrit les angoisses d'un homme malade.

Cependant cette comédie sur la maladie et de la mort regorge de gaieté : après chaque moment grave, la situation de comique revient grâce notamment à Toinette.

Les messages de Molière

Le malade imaginaire" est souvent considéré comme l'une des pièces les plus riches et les plus profondes de Molière. Le ridicule y est utilisé pour faire passer la morale. Molière attaque les institutions de la médecine. Il critique leur prétention à guérir, leur volonté de défier la Nature. Il critique l'abus de pouvoir de certains médecins et la crédulité de ceux qui la subissent. D'une façon générale Molière dénonce l'injustice au sein de la famille et le pouvoir tyrannique des pères sur leurs enfants en exerçant une terreur morale sur leurs enfants, à cette époque, les pères ont tous les droits sur les mariages de leurs filles.

Enfin la pièce, comme tout le théâtre de Molière, est une mise en garde contre les obsessions qui s'opposent à la Nature et à la sagesse. En effet à la fin c'est la jeunesse qui triomphe sur la vieillesse.

Dans la même collection en numérique

Les Misérables
Le messager d'Athènes
Candide
L'Etranger
Rhinocéros
Antigone
Le père Goriot
La Peste
Balzac et la petite tailleuse chinoise
Le Roi Arthur
L'Avare
Pierre et Jean
L'Homme qui a séduit le soleil
Alcools
L'Affaire Caïus
La gloire de mon père
L'Ordinatueur
Le médecin malgré lui
La rivière à l'envers - Tomek
Le Journal d'Anne Frank
Le monde perdu
Le royaume de Kensuké
Un Sac De Billes
Baby-sitter blues
Le fantôme de maître Guillemin
Trois contes
Kamo, l'agence Babel
Le Garçon en pyjama rayé
Les Contemplations

Escadrille 80

Inconnu à cette adresse

La controverse de Valladolid

Les Vilains petits canards

Une partie de campagne

Cahier d'un retour au pays natal

Dora Bruder

L'Enfant et la rivière

Moderato Cantabile

Alice au pays des merveilles

Le faucon déniché

Une vie

Chronique des Indiens Guayaki

Je voudrais que quelqu'un m'attende quelque part

La nuit de Valognes

Œdipe

Disparition Programmée

Education européenne

L'auberge rouge

L'Illiade

Le voyage de Monsieur Perrichon

Lucrèce Borgia

Paul et Virginie

Ursule Mirouët

Discours sur les fondements de l'inégalité

L'adversaire

La petite Fadette

La prochaine fois

Le blé en herbe

Le Mystère de la Chambre Jaune

Les Hauts des Hurlevent

Les perses

Mondo et autres histoires

Vingt mille lieues sous les mers

99 francs

Arria Marcella

Chante Luna

Emile, ou de l'éducation
Histoires extraordinaires
L'homme invisible
La bibliothécaire
La cicatrice
La croix des pauvres
La fille du capitaine
Le Crime de l'Orient-Express
Le Faucon malté
Le hussard sur le toit
Le Livre dont vous êtes la victime
Les cinq écus de Bretagne
No pasarán, le jeu
Quand j'avais cinq ans je m'ai tué
Si tu veux être mon amie
Tristan et Iseult
Une bouteille dans la mer de Gaza
Cent ans de solitude
Contes à l'envers
Contes et nouvelles en vers
Dalva
Jean de Florette
L'homme qui voulait être heureux
L'île mystérieuse
La Dame aux camélias
La petite sirène
La planète des singes
La Religieuse
1984 A l'Ouest rien de nouveau
Aliocha
Andromaque
Au bonheur des dames
Bel ami
Bérénice
Caligula
Cannibale
Carmen

Chronique d'une mort annoncée

Contes des frères Grimm

Cyrano de Bergerac

Des souris et des hommes

Deux ans de vacances

Dom Juan

Electre

En attendant Godot

Enfance

Eugénie Grandet

Fahrenheit 451

Fin de partie

Frankenstein

Gargantua

Germinal

Hamlet

Horace

Huis Clos

Jacques le fataliste

Jane Eyre

Knock

L'homme qui rit

La Bête humaine

La Cantatrice Chauve

La chartreuse de Parme

La cousine Bette

La Curée

La Farce de Maitre Pathelin

La ferme des animaux

La guerre de Troie n'aura pas lieu

La leçon

La Machine Infernale

La métamorphose

La mort du roi Tsongor

La nuit des temps

La nuit du renard

La Parure

La peau de chagrin
La Petite Fille de Monsieur Linh
La Photo qui tue
La Plage d'Ostende
La princesse de Clèves
La promesse de l'aube
La Vénus d'Ille
La vie devant soi
L'alchimiste
L'Amant
L'Ami retrouvé
L'appel de la forêt
L'assassin habite au 21
L'assommoir
L'attentat
L'attrape-coeurs
Le Bal
Le Barbier de Séville
Le Bourgeois Gentilhomme
Le Capitaine Fracasse
Le chat noir
Le chien des Baskerville
Le Cid
Le Colonel Chabert
Le Comte de Monte-Cristo
Le dernier jour d'un condamné
Le diable au corps
Le Grand Meaulnes
Le Grand Troupeau
Le Horla
Le jeu de l'amour et du hasard
Le Joueur d'échecs
Le Lion
Le liseur
Le malade imaginaire
Le Mariage de Figaro
Le meilleur des mondes

Le Monde comme il va

Le Parfum

Le Passeur

Le Petit Prince

Le pianiste

Le Prince

Le Roman de la momie

Le Roman de Renart

Le Rouge et le Noir

Le Soleil des Scortas

Le Tartuffe

Le vieux qui lisait des romans d'amour

L'Ecole des Femmes

L'Ecume Des Jours

Les Bonnes

Les Caprices de Marianne

Les cerfs-volants de Kaboul

Les contes de la Bécasse

Les dix petits nègres

Les femmes savantes

Les fourberies de Scapin

Les Justes

Les Lettres Persanes

Les liaisons dangereuses

Les Métamorphoses

Les Mouches

Les Trois mousquetaires

L'étrange cas du Dr Jekyll et de Mr Hyde

L'Ile Au Trésor

L'île des esclaves

L'illusion comique

L'Ingénu

L'Odyssée

L'Ombre du vent

Lorenzaccio

Madame Bovary

Manon Lescaut

Micromégas

Mon ami Frédéric

Mon bel oranger

Nana

Ne tirez pas sur l'oiseau moqueur

Notre-Dame de Paris

Oliver twist

On ne badine pas avec l'amour

Oscar et la dame rose

Pantagruel

Le Misanthrope

Perceval ou le conte du Graal

Phèdre

Ravage

Roméo et Juliette

Ruy Blas

Sa Majesté des Mouches

Si c'est un homme

Stupeur et tremblements

Supplément au voyage de Bougainville

Tanguy

Thérèse Desqueyroux

Thérèse Raquin

Ubu Roi

Un Barrage contre le Pacifique

Un long dimanche de fiançailles

Un secret

Vendredi ou la vie sauvage

Vipère au poing

Voyage au bout de la nuit

Voyage au centre de la terre

Yvain ou le Chevalier au lion

Zadig

À propos de la collection

La série FichesdeLecture.com offre des contenus éducatifs aux étudiants et aux professeurs tels que : des résumés, des analyses littéraires, des questionnaires et des commentaires sur la littérature moderne et classique. Nos documents sont prévus comme des compléments à la lecture des oeuvres originales et aide les étudiants à comprendre la littérature.

Fondé en 2001, notre site FichesdeLectures.com s'est développé très rapidement et propose désormais plus de 2500 documents directement téléchargeables en ligne, devenant ainsi le premier site d'analyses littéraires en ligne de langue française.

FichesdeLecture est partenaire du Ministère de l'Education du Luxembourg depuis 2009.

Plus d'informations sur www.fichesdelecture.com

Notes :